Little
Red Riding
Hood

La
Caperucita
Roja

10 9 8 7 6 5 4 3 2 1   24 25 26 27 28

Printed in the U.S.A.   40

First bilingual edition, 2024

Bilingual edition designed by Armando Tejuca and edited by María Domínguez.

Little Red Riding Hood

La Caperucita Roja

Adapted by / *Adaptado por*
Meredith Rusu
Joana Costa Knufinke

Illustrated by / *Ilustrado por*
Sònia González

SCHOLASTIC INC.

Once upon a time, there was a girl who lived with her mother in a little cottage by the forest. Everybody called her Little Red Riding Hood because she always dressed in a hooded red sweater her grandmother had knit for her.

"The red of your sweater is as warm and bright as your heart," her grandmother would often say.

Había una vez una niña que vivía con su mamá en una casita junto al bosque. Todos la llamaban Caperucita Roja porque siempre llevaba un suéter rojo con capucha que le había tejido su abuelita.

—El rojo de tu suéter es tan cálido y brillante como tu corazón —le decía a menudo su abuela.

Little Red Riding Hood
Caperucita Roja

grandmother
la abuela

mother
la mamá

cottage
la casita

garden
el jardín

3

Little Red Riding Hood and her grandmother loved flowers. Every morning, Grandmother would visit Little Red Riding Hood, and they would spend hours together tending the garden.

"Grandma, daisies are my favorite flowers—just like yours!" Little Red Riding Hood would say.

A Caperucita Roja y a su abuela les encantaban las flores. Todas las mañanas, la abuela visitaba a Caperucita y ambas pasaban horas juntas en el jardín.
—Abuelita, las margaritas son mis flores favoritas, ¡igual que las tuyas! —decía Caperucita Roja.

daisies
las margaritas

hooded red sweater
el suéter rojo con capucha

Then, one morning, Little Red Riding Hood's grandmother did not come to visit. Her mom said her grandmother was ill.

Pero una mañana, la abuela de Caperucita no vino a visitarla. La mamá le dijo a la niña que su abuelita estaba enferma.

"Maybe if I bring her a bouquet of daisies, she will feel better!" exclaimed Little Red Riding Hood.

"That's a wonderful idea," said her mother. "I will send you with some soup and bread as well. But you must promise to be careful in the forest. The Big Bad Wolf might be roaming around."

—¡Tal vez si le llevo un ramo de margaritas se sentirá mejor! —exclamó Caperucita.
—¡Qué buena idea! —dijo su mamá—. Llévale también esta cesta con sopa y pan. Pero debes prometerme que irás con cuidado por el bosque. Puede que el lobo feroz ande por ahí.

Soon, the little girl was skipping along the wooded path . . . while a pair of hungry eyes spied on her through the bushes.

Poco después, la niña iba dando saltitos por el sendero del bosque... mientras un par de ojos hambrientos la espiaban entre los arbustos.

wolf
el lobo

path
el sendero

"What a tasty snack," whispered the wolf.

"Who's there?" asked Little Red Riding Hood as she grabbed a large stick.

Hmmm. This one has spunk. I'll bet she is taking that basket to the old woman in the cottage beyond the river. But I shall get there first! thought the wolf.

—¡Qué merienda tan deliciosa! —susurró el lobo.

—¿Quién anda ahí? —preguntó Caperucita Roja, y agarró un gran palo.

"Hum, esta niña tiene agallas. Seguro que le lleva esa cesta a la anciana que vive en la casita al otro lado del río. ¡Tengo que llegar antes que ella!", pensó el lobo.

The wolf ran, and very soon he was in front of Grandmother's door.
"Who's there?" Grandmother asked from her bed.
"It's Little Red Riding Hood," the wolf called in a voice as gentle as the child's.
"My darling girl, come in—the door is unlocked."

El lobo corrió, y muy pronto estuvo frente a la puerta de la abuela.
—¿Quién es? —preguntó la abuela desde la cama.
—¡Soy Caperucita Roja! —dijo el lobo, con una vocecita tan dulce como la de la niña.
—Entra, cariño. La puerta está abierta.

door
la puerta

nightgown
el camisón

closet
el clóset

When the old woman saw the ghastly wolf, she fainted from shock. The wolf hid her in the closet and put on her spare nightgown. Then, he climbed into her bed . . . and waited!

Al ver al espantoso lobo, la anciana se desmayó del susto. El lobo la escondió en el clóset y se puso un camisón de dormir de la abuela. Luego se subió a la cama... ¡y esperó!

11

"Grandma, it's me!" called Little Red Riding Hood when she arrived at the cottage.

"My darling girl, come in," rasped the wolf, pretending to be her grandmother.

—¡Abuelita, soy yo! —anunció Caperucita Roja al llegar a la casita.

—¡Pasa, cariño! —dijo el lobo fingiendo ser la abuela.

bouquet of daisies
el ramo de margaritas

As soon as she walked through the door, Little Red Riding Hood saw that her grandmother was in bed and had the sheets pulled up to her chin. The light was unusually dim.

How strange, thought Little Red Riding Hood.

En cuanto entró por la puerta, Caperucita Roja vio que su abuelita estaba acostada en la cama con las sábanas hasta el cuello. La habitación estaba muy oscura.

"Qué raro", pensó Caperucita.

bed
la cama

"Oh, Grandma, what big ears you have," exclaimed Little Red Riding Hood.
"The better to hear you with, my child," said the wolf.
"But, Grandma, what big eyes you have!" exclaimed Little Red Riding Hood.
"The better to see you with, my child," said the wolf.
"But, Grandma, what a big mouth—!"

—Ay, abuelita, ¡qué orejas tan grandes tienes! —exclamó Caperucita Roja.
—Para oírte mejor, mi niña —dijo el lobo.
—Pero abuelita, ¡qué ojos tan grandes tienes! —exclamó Caperucita Roja.
—Para verte mejor, mi niña —dijo el lobo.
—Pero abuelita, ¡qué boca tan grande…!

Little Red Riding Hood suddenly became quiet. She could tell this was not her grandmother, but the Big Bad Wolf that wanted to eat her. She had to act fast!

Caperucita Roja se calló de pronto. Se había dado cuenta de que quien estaba en la cama no era su abuelita, sino el lobo feroz que quería comérsela. ¡Tenía que actuar deprisa!

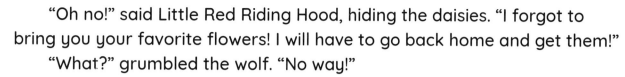

"Oh no!" said Little Red Riding Hood, hiding the daisies. "I forgot to bring you your favorite flowers! I will have to go back home and get them!"

"What?" grumbled the wolf. "No way!"

"No, no. Without your favorite flowers, you won't feel better," insisted Little Red Riding Hood, and she ran out of the cottage.

—¡Ay, no! —dijo Caperucita, escondiendo el ramo de margaritas—. ¡Se me olvidó traerte tus flores favoritas! ¡Tendré que volver a casa a buscarlas!

—¿Cómo? —refunfuñó el lobo—. ¡Ni hablar!

—No, no. Sin tus flores favoritas no te sentirás mejor —insistió Caperucita, y salió corriendo de la casita.

Once outside, Little Red Riding Hood wasn't sure what to do. She went around the back of the cottage and found an open window.

Grandma must still be inside, and I have to do something to help her! she thought.

Una vez afuera, Caperucita no estaba segura de qué debía hacer. Fue hasta la parte trasera de la casita y encontró una ventana abierta.

"La abuela debe estar todavía adentro y ¡tengo que hacer algo para ayudarla!", pensó.

Meanwhile, the wolf pounced on the basket. He was so busy munching the food that he didn't notice the girl in the red sweater sneaking through the back window and freeing her grandmother from the closet.

Mientras tanto, el lobo se abalanzó sobre la cesta de comida. Tan entretenido estaba llenándose la panza, que no se dio cuenta cuando la niña con el suéter rojo se coló por la ventana trasera y sacó a la abuela del clóset.

food
la comida

window
la ventana

21

And when the Big Bad Wolf finally finished eating and looked out the window, Little Red Riding Hood and her grandmother were already running toward the forest, far away from the cottage.

Y cuando el lobo feroz finalmente terminó de comer y miró por la ventana, Caperucita y su abuelita ya corrían hacia el bosque, muy lejos de la casita.

river
el río

stones
las piedras

The wolf sprang from the cottage. He tried crossing the river, but he slipped on the slick stones and tumbled down into the rushing water . . . where he disappeared never to be seen again.

El lobo salió corriendo tras ellas. Trató de cruzar el río, pero se resbaló en las musgosas piedras y cayó al agua turbulenta... donde desapareció para no ser visto nunca más.

23

Soon, Little Red Riding Hood and her grandmother were back in the girl's house. They were safe!

Little Red Riding Hood pressed a fresh bouquet of daisies into her grandmother's hand. "Grandma, I can finally give you your favorite flowers."

Muy pronto, Caperucita Roja y su abuelita llegaron a la casa de la niña, ¡a salvo!
—Abuelita, por fin puedo darte tus flores favoritas —dijo Caperucita, entregándole un ramo de margaritas a su abuela.

Little Red Riding Hood and her grandmother
Caperucita y su abuelita

"My darling girl," said Little Red Riding Hood's grandmother. "Now I see that your beautiful red sweater matches not only the brightness of your heart but the bravery within it as well."

—Cariño —dijo la abuela de Caperucita—, ahora veo que tu precioso suéter rojo no es solo tan cálido y brillante como tu corazón, sino que también es tan radiante como tu valentía.

Play with
LITTLE RED RIDING HOOD

Juega con
CAPERUCITA ROJA

Draw a line from the word to the correct character or object.

cottage

mother

door

window

bed

hooded red sweater

nightgown

Traza una línea desde la palabra hasta el personaje u objeto correcto.

el clóset

Caperucita Roja

el lobo

el palo

el ramo de margaritas

la abuela

la cesta

Look at the English words and phrases listed below. Can you figure out their Spanish translations by searching throughout the story?

bread   _ _ _

bushes   _ _ _ _ _ _ _

Every morning   _ _ _ _   _ _ _   _ _ _ _ _ _ _

favorite flowers   _ _ _ _ _   _ _ _ _ _ _ _ _ _

forest   _ _ _ _ _ _

heart   _ _ _ _ _ _ _

inside   _ _ _ _ _ _ _

Meanwhile   _ _ _ _ _ _ _   _ _ _ _ _

Once upon a time   _ _ _ _   _ _ _   _ _ _

outside   _ _ _ _ _ _

sheets   _ _ _ _ _ _ _

snack   _ _ _ _ _ _ _

soup   _ _ _ _

while   _ _ _ _ _ _ _

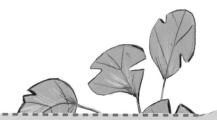